ROBINSON CRUSOÉ

PELLERIN & C.ie À ÉPINAL

DÉPOSÉ. P.V

HISTOIRE

DE

ROBINSON CRUSOÉ

Ornée de gravures coloriées

PAR A. LINDEN.

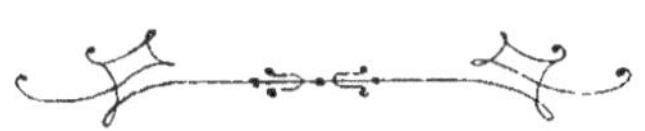

PELLERIN & Cie

ÉDITEURS

A ÉPINAL.

(Dépose. P.V.)

Sur les côtes d'Afrique, je fus pris par les corsaires et vendu comme esclave.

ROBINSON CRUSOÉ

Je suis fils d'un honnête marchand de la ville d'Yorck, en Angleterre. J'aurais pu vivre heureux et tranquille dans ma patrie : ma passion des voyages en décida autrement. — Malgré les exhortations de ma famille, je m'embarquai sur un navire de commerce, je fis différents voyages et courus plus d'une fois de sérieux dangers dans ma vie aventureuse.

Sur les côtes d'Afrique, je fus pris par les corsaires et vendu comme esclave. Après deux ans de captivité, je parvins à me sauver sur le bâteau de mon maître; recueilli par un vaisseau portugais, je fis route vers le Brésil; arrivé dans ce pays, je me fis planteur, et j'eus lieu de me féliciter de mon entreprise. J'aurais dû m'en tenir là, mais je n'étais pas né pour la vie paisible, et l'attrait des aventures me poussait toujours en avant.

Ayant besoin d'esclaves pour cultiver mon exploitation, je saisis ce prétexte et m'embarquai pour les côtes de Guinée sur un bâtiment de 120 tonneaux. Dans le cours de la traversée, nous fûmes assaillis par une horrible tempête qui dura douze jours et

Construisant un radeau, je m'emparai de tout ce que je pus emporter.

qui finalement brisa mon navire sur les récifs d'une île. Tous mes compagnons furent engloutis, et je ne dus mon salut qu'en m'accrochant aux aspérités d'un rocher.

Quand la rage des flots fut apaisée, je gagnai la terre à la nage et tombai sur le rivage, accablé de fatigue et de faim. — La nuit approchait : pour me soustraire à la voracité des bêtes féroces et me dérober à la vue des sauvages, dont je redoutais la présence, je dus passer la nuit sur un arbre. A mon réveil, je vis le bâtiment naufragé échoué dans les eaux de mon île ; en moins d'une demi-heure je pus l'aborder à la nage. — Construisant un radeau, je m'emparai de tout ce que je pus emporter : armes, outils, provisions de bouche, munitions de guerre etc., sans compter un chien et deux chats qui furent pendant longtemps mes seuls compagnons d'infortune. — Toutes ces provisions acquises, il s'agissait de les mettre à couvert. Je construisis un hangar contre les flancs d'un rocher, avec des bouts de mâts et plusieurs morceaux de toile à voile. Je creusai même ce roc à l'aide d'un pic et, à force de temps et de patience, je parvins à former une excavation spacieuse qui me permit d'abriter ma personne et mes biens contre les pluies torrentielles et les rafales des tempêtes.

Ma grotte terminée, j'entourai mon domaine d'une

Néanmoins, je rentrais rarement sans rapporter un de ces animaux.

forte palissade de gros arbres, que j'allais couper dans la forêt. Chaque pièce me demandait quatre ou cinq jours de travail avant d'être mise en place; mais que m'importait la longueur de temps et qu'aurais-je fait dans ma solitude si je n'avais eu des occupations forcées? Tous mes instants n'étaient cependant point employés à la construction.

Avant les fortes chaleurs, j'allai faire mes provisions de gibier : l'île était peuplée d'une grande quantité de chèvres et d'une foule d'oiseaux échassiers et palmipèdes : quoique les chèvres fussent d'un abord difficile, à cause de leur extrême sauvagerie, néanmoins, je rentrais rarement sans rapporter un de ces animaux. La pêche me fournissait également d'excellents poissons et des tortues de mer qui sont, personne ne l'ignore, une excellente nourriture.

Lorsque les pluies m'empêchaient de sortir, je confectionnais des chaises, des bancs, des tables etc., ce qui m'obligeait à de rudes labeurs, n'ayant pas d'outils propres à ce genre d'opération. Je fortifiais chaque jour mon retranchement avec de la terre et du sable, et fis si bien que de l'extérieur il était impossible d'en soupçonner l'existence.

Ayant exploré une partie de mon île, je découvris une admirable vallée où les cocotiers, les figuiers, les bananiers et la vigne formaient des bocages frais

Avec ma nouvelle pirogue, j'entrepris plusieurs excursions au delà de mon île, car j'appréhendais toujours le voisinage des sauvages.

et ombreux. Je me serais volontiers fixé dans ce jardin délicieux, mais il fallait pour cela renoncer à la vue de la mer et à la chance d'y apercevoir le navire qui, tôt ou tard, devait m'arracher à la solitude, comme j'en nourrissais l'espérance.

Je n'abandonnai donc pas mon château fort, et j'établis autour de la charmante vallée une plantation d'arbustes qui, en croissant, formèrent une barrière impénétrable. Durant les heures brûlantes du jour, je venais faire ma sieste dans une oasis embaumée, et j'y demeurais souvent plusieurs jours, couchant sur l'herbe, en m'abritant sous de larges feuilles de bananiers.

A cette époque j'entrepris la construction d'une grande chaloupe : ayant abattu un cèdre d'une grosseur prodigieuse, je le creusai à coups de hache; ce rude travail ne me fut d'aucune utilité car mon embarcation était si lourde qu'il eût fallu dix hommes pour la mettre à flot. — Je fus obligé d'en construire une autre plus légère.

Avec ma nouvelle pirogue, j'entrepris plusieurs excursions au-delà de mon île, car j'appréhendais toujours le voisinage des sauvages.

Les années s'écoulèrent et rien ne vint justifier mes inquiétudes. Rassuré sur ce point, je me livrai à la culture de la terre et à l'élève du bétail : le

Ainsi équipé je bravais les pluies les plus
abondantes et les rayons brûlants du Soleil.

blé et le riz que je récoltais suffisaient amplement à mes besoins, et j'eus bientôt sous la main tout un troupeau de chèvres qui me fournissaient abondamment du laitage, du beurre et du fromage.

Pour m'emparer des chèvres vivantes, je creusai des fosses recouvertes de branchages : plusieurs chèvres, mâles et femelles, tombèrent dans mes piéges, et je les parquais autour de mon habitation dans des enclos fermés suivant mon système de clôture. — Je ne manquais de rien du côté des vivres; mais il n'en était pas de même à l'endroit des vêtements : les miens étaient tombés en lambeaux.—Je dus pour me couvrir, me confectionner un bonnet, une jaquette et des culottes avec des peaux de bouc. Mes souliers et mes jambières étaient faits avec le cuir du même animal. Je me fis également un parasol avec des feuilles recouvertes de poils de chèvre.

Ainsi équipé je bravais les pluies les plus abondantes et les rayons brûlants du soleil.

Je ne pouvais entrer ou sortir de mon château qu'à l'aide d'une échelle, ce qui m'était fort incommode; l'absence de tout danger m'engagea à perforer le rocher, afin de me donner une ouverture sur la campagne; néanmoins, je dissimulais cette entrée avec le plus grand soin, ainsi que l'ordonnait la prudence.

Je m'appliquai durant mes heures de loisirs à

Je m'amusai aussi à donner quelques leçons de langue à un jeune perroquet dont je m'étais emparé.

confectionner des ustensiles de ménage tels que : cruches, pots, assiettes que je fabriquais avec de l'argile et que je rendais solides en les faisant rougir sur des charbons; je m'amusai aussi à donner quelques leçons de langue à un jeune perroquet dont je m'étais emparé; en peu de temps, il parvint à crier distinctement : Robinson! pauvre Robinson Crusoé!

J'avoue que ses caquetages me causaient le plus grand plaisir, étant privé depuis si longtemps de toute parole humaine.

N'ayant rien à redouter ni des bêtes féroces, ni des reptiles venimeux, roi de mon île, puisque j'en étais le seul habitant, possédant des vivres en abondance, je devais me considérer comme le plus heureux des solitaires.

Cependant, chaque jour j'explorais la mer du regard, espérant y découvrir un bâtiment européen, et chaque jour je priais le ciel de m'arracher à mon isolement.

Quinze années s'écoulèrent sans apporter le plus léger changement dans mon existence. Je commençais à croire que j'étais condamné à vivre seul jusqu'à la fin de mes jours, lorsque je fis une découverte qui modifia singulièrement ma quiétude. En côtoyant la baie où j'avais caché ma pirogue, je vis sur le sable l'empreinte d'un pied humain. Cette vue jeta

Cette vue jeta le trouble dans mon âme et
me plongea dans les plus vives perplexités.

le trouble dans mon âme et me plongea dans les plus vives perplexités. — L'île était donc habitée? D'où provenait ce pas gravé sur le rivage? Je ne savais que penser. Pendant des mois entiers je ne sortis plus qu'avec deux fusils sur l'épaule, des pistolets et une hache à ma ceinture, et je ne m'aventurais plus dans les bois qu'avec la plus extrême circonspection.

Une nouvelle découverte vint encore augmenter mes alarmes : vers la partie nord-est de mon île, je vis sur le rivage des crânes, des os et toutes sortes de débris humains. — Je n'en pouvais douter, mon île, quoique inhabitée, servait de refuge à des anthropophages qui venaient y accomplir leurs horribles festins.

C'en était fait de ma tranquillité. — Chaque jour je m'attendais à me voir assailli par ces tribus barbares, cent fois plus cruelles que les tigres et les lions. — Je savais quel sort m'était réservé si j'étais découvert, cette pensée me faisait frémir d'horreur. — Je redoublai de vigilance et j'ajoutai de nouveaux obstacles à ma forteresse, déjà inexpugnable; chaque jour, avant de sortir, je grimpais sur le rocher dont j'habitais la base et j'observais la plage et la mer.

Cette prudence ne fut point vaine : un jour, je vis sur la rive une douzaine de cannibales autour

Le fugitif que j'avais sauvé se jeta à mes pieds
et me donna les marques de la plus vive reconnaissance.

d'un grand feu, s'apprêtant à rôtir deux malheureux prisonniers. Le premier qui fut tiré de la barque, fut assommé d'un seul coup, l'autre se sauva à toutes jambes dans la direction de mon domaine ; deux sauvages seulement poursuivaient le fugitif, et ils étaient sur le point de l'atteindre, lorsque, sautant hors de mon logis, je tuai le plus éloigné d'un coup de fusil et j'assommai l'autre à coups de crosse.

Au bruit de la détonation, les cannibales épouvantés remontèrent dans leurs pirogues et s'éloignèrent à force de rames. Le fugitif que j'avais sauvé se précipita à mes pieds et me donna les marques de la plus vive reconnaissance. — C'était un jeune homme dans toute la vigueur de la jeunesse et qui paraissait fort intelligent.

En peu de mois, je parvins à lui enseigner les mots les plus usuels de la langue anglaise, et je lui appris l'art de cultiver la terre. Mon élève se montra aussi docile qu'affectueux et me donna les preuves du dévouement le plus absolu. Plus d'une fois, je bénis la providence de m'avoir envoyé un pareil compagnon, et, si le jeune homme s'attacha à ma personne avec une tendresse filiale, je ne tardai point à l'aimer autant que s'il eut été mon enfant. Je lui donnai le nom de Vendredi en souvenir du jour de sa délivrance et ne négligeai aucune occasion pour lui faire connaître le vrai Dieu et l'instruire suivant les principes de la morale.

Vendredi m'ayant appris qu'une vingtaine d'espagnols languissaient au milieu d'une peuplade anthropophage, je conçus le dessein d'arracher ces malheureux européens à leur triste sort; à cet effet, je construisis avec mon serviteur une chaloupe semblable à celle que j'avais creusée vingt ans auparavant. Ma chaloupe terminée, je n'attendis plus que l'occasion de mettre mon projet à exécution. — Cette occasion ne tarda pas à se présenter.

Un matin que j'avais envoyé Vendredi à la pêche aux tortues, mon serviteur revint tout essoufflé en criant :

« Maître, nous perdus! Sauvages. grand nombre! un, deux, trois pirogues! » Je montai sur mon observatoire, et je constatai la présence d'une vingtaine de cannibales et de victimes couchées sur la plage.

Aussitôt, je sortis mon arsenal et me dirigeai vers la plage avec Vendredi; cachés derrière un massif, nous pûmes aisément ajuster nos ennemis qui, alors serrés en cercle, préludaient à leurs hideuses cérémonies. — Deux coups de carabine chargés à mitraille en tuèrent quatre et en blessèrent plusieurs autres; une seconde décharge en mit sept hors de combat. — Ceux qui restaient, frappés d'épouvante,

Deux coups de carabine chargés à mitraille en tuèrent quatre et en blessèrent plusieurs autres.

se précipitèrent dans les canots et se sauvèrent, n'emportant que leurs blessés.

Je m'approchai des victimes et coupai leurs liens: j'eus le bonheur de reconnaître dans l'une d'elles un de mes frères d'Europe, un espagnol.

Tandis que je secourais ces infortunés, Vendredi sautait, dansait et donnait toutes les marques de la plus extravagante folie. — Je crus que le pauvre enfant avait perdu la raison, mais je connus bientôt la cause de son délire : le jeune homme venait de reconnaître son père dans une des victimes destinées au supplice.

Je conduisis mes nouveaux hôtes dans mon habitation : la bonne nourriture eut bientôt réparé leurs forces épuisées.

L'Espagnol me confirma le récit de Vendredi, touchant ses compatriotes, et m'assura que malgré les hostilités engagées entre nos deux nations, ses amis me traiteraient comme un bienfaiteur et un père, si je les arrachais à leur cruelle situation.

Je voulais sur le champ entreprendre cette bonne œuvre; mais, sur l'observation judicieuse de l'espagnol, j'en retardai l'exécution.

En effet, je n'avais que mes provisions personnelles, et pour recevoir vingt hôtes affamés, il me fallait des vivres. — Sans perdre un instant, nous ense-

Je crus que le pauvre enfant avait perdu la
raison, mais je connus bientôt la cause de son
délire.

mençâmes tout ce que j'avais de blé, et six mois après, j'eus la satisfaction d'emmagasiner du froment de quoi nourrir un régiment pendant plusieurs années. Nous recueillîmes également une grande quantité de noix de coco, de figues et de raisin.

Ces précautions prises, je chargeai ma chaloupe de beaucoup de provisions, et j'en confiai la direction à l'espagnol. Le père de Vendredi l'accompagna dans son expédition. — J'avais renoncé à tenter cette entreprise avant d'être assuré des bons sentiments des Espagnols.

Pendant que mes hôtes volaient à la délivrance des Européens, je guettai leur retour en explorant la mer.

Un matin, quelle ne fut pas ma joie et ma surprise en voyant un vaisseau à l'ancre et une chaloupe qui s'approchait du rivage! devais-je craindre ou devais-je espérer?

Ne connaissant pas les intentions de l'équipage, je ne voulus pas me découvrir et me glissai entre les branches jusqu'au lieu du débarquement : onze hommes, dont trois garottés, sortirent de la chaloupe : tous ces hommes étaient anglais; six matelots se dispersèrent dans l'île, et deux restèrent pour garder les prisonniers.

Ces deux hommes, ayant bu force eau-de-vie, ne

Un matin, quels ne furent pas ma joie et ma surprise en voyant un vaisseau à l'ancre et une chaloupe qui s'approchait du rivage.

tardèrent pas à s'endormir. Je m'approchai des prisonniers et les interrogeai. J'appris qu'ils étaient officiers du navire à l'ancre, et que, victimes d'une révolte à bord, ils avaient été conduits sur la plage pour être massacrés.

Rassurant ces infortunés, je coupai leurs liens et leur donnai des armes. Lorsque les matelots revinrent, nous les accueillîmes à coups de fusil : les chefs de la révolte furent tués et nous parvînmes à désarmer les autres.

Il s'agissait de s'emparer du navire et de faire rentrer l'équipage dans le devoir ; la chose était d'autant plus difficile que les matelots savaient qu'en pareille occasion on ne fait jamais grâce aux révoltés.

La tâche nous devint aisée : les plus déterminés du vaisseau vinrent d'eux-mêmes se jeter dans nos mains. — N'ayant pas vu revenir leurs compagnons, ils vinrent au nombre de dix débarquer dans mon île et appelèrent leurs amis.

Par une adroite supercherie, Vendredi et l'un des matelots repentants, répondirent à cet appel et attirèrent les débarqués de colline en colline. — Ainsi dispersés, il nous devint possible de nous emparer des rebelles et de les désarmer. Cette lutte, comme la première, ne coûta la vie qu'aux plus mutins ;

Lorsque les matelots revinrent, nous les acceuil-
lîmes à coups de fusil : les chefs de la révolte furent tués et nous parvînmes à désarmer les autres.

les autres se rendirent sur la foi de mes promesses.

Le capitaine n'ayant pas lui-même le pouvoir de pardonner aux coupables, une fois maître des fauteurs de la révolte, je me rendis sur le navire, en qualité de gouverneur de l'île, et le reste de l'équipage fit sa soumission.

Quelques jours après, l'espagnol et le père de Vendredi revenaient sur ma pirogue avec dix-sept Espagnols délivrés des sauvages. Je partageai mon île entre ces nouveaux habitants et plusieurs matelots qui voulurent y demeurer.

Je donnai mon château et mon jardin aux Espagnols; les Anglais eurent en partage la partie nordest de l'île et tous les travaux qui en dépendaient; ils reçurent, en outre, les outils nécessaires à la construction de leurs habitations et à la culture des champs.

Sur ces entrefaites, une tribu de sauvages étant descendue sur la plage avec plusieurs femmes destinées au supplice, nous coulâmes leurs embarcations et les fîmes prisonniers : ils étaient au nombre de quinze.

Ils consentirent volontiers à servir les Européens en qualité de domestiques, et les matelots Anglais qui voulaient rester dans l'île, épousèrent les femmes noires.

Sur ces entrefaites, une tribu de sauvages étant descendue sur la plage, nous coulâmes leurs embarcations et les firent prisonniers.

Ma colonie organisée, j'en donnai le commandement au plus résolu des Espagnols, et lui déléguai mes pouvoirs de souverain de l'île.

Je fis porter à bord toutes les fourrures et peaux de bêtes, les arbustes et fruits curieux du pays, dont j'avais fait une grande provision, ainsi que des vivres de quoi ravitailler le navire durant toute sa traversée.

Ces apprêts terminés, je fis mes adieux à la Colonie.

Ce ne fut pas sans une profonde émotion que je quittai ces lieux, où pendant vingt-sept ans j'avais trouvé sinon le bonheur du moins une existence libre et facile; mes regrets ne furent tempérés que par la joie de revoir mon pays.

Enfin, le vent souffla : j'abandonnai mon domaine, bien résolu de revenir le visiter; et, suivi de mon fidèle Vendredi, je m'embarquai sur le vaisseau en partance.

Tous les habitants de l'île, rassemblés sur la plage, m'adressèrent leurs adieux, et bientôt je perdis de vue cette terre hospitalière.

Six mois après, je posai le pied sur le sol de la mère patrie.

Hélas, je n'y trouvai plus ni mon père ni ma mère descendus dans la tombe.

La vie de famille, après laquelle j'aspirais depuis

Tous les habitants de l'île, rassemblés sur la plage, m'adressèrent leurs adieux, et bientôt je perdis de vue cette terre hospitalière.

si longtemps, me fit épouser une honnête et digne femme.

Aujourd'hui je vis heureux entouré de trois jolis enfants pour lesquels je donnerais tous les royaumes de l'univers.

Aujourd'hui, je vis heureux entouré de trois jolis enfants pour lesquels je donnerais tous les royaumes de l'univers.

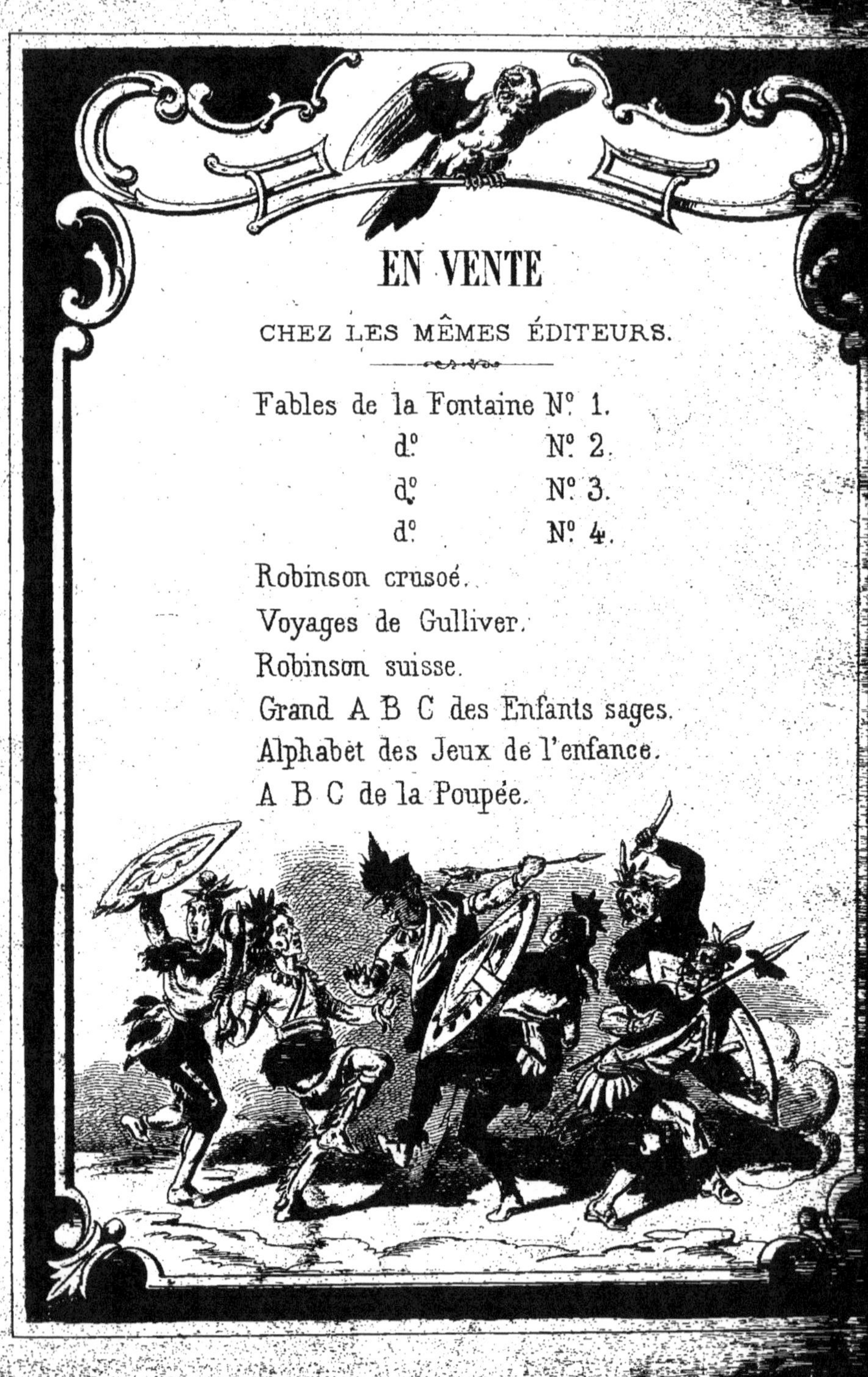
EN VENTE
CHEZ LES MÊMES ÉDITEURS.

Fables de la Fontaine N? 1.
            d?   N? 2.
            d?   N? 3.
            d?   N? 4.
Robinson crusoé.
Voyages de Gulliver.
Robinson suisse.
Grand A B C des Enfants sages.
Alphabet des Jeux de l'enfance.
A B C de la Poupée.

www.ingramcontent.com/pod-product-compliance
Lightning Source LLC
LaVergne TN
LVHW010445060726
842527LV00005B/1703